Yo, el Gran Fercho

Yo, el Gran Fercho

Marjorie Weinman Sharmat

Ilustraciones de Marc Simont
Traducción de María Paz Amaya

www.librerianorma.com | www.literaturainfantilnorma.com

Bogotá, Buenos Aires, Caracas, Guatemala, Lima, México,
Panamá, Quito, San José, San Juan, San Salvador, Santiago de Chile.

Título original en inglés:
NATE THE GREAT,
de Marjorie Weinman Sharmat.
Originalmente publicado en inglés por Coward-Cann,
una división de The Putnam and Grosset Group.
Copyright © del texto 1972 por Marjorie Weinman Sharmat.
Copyright © de las ilustraciones 1972 por Marc Simont.

Copyright © 1993 para Hispanoamérica y los Estados Unidos
por Carvajal Soluciones Educativas S.A.S.,
Avenida El Dorado No. 90-10, Bogotá, Colombia.

Primera edición: 1993
Primera reimpresión en Argentina: marzo de 2005

Impreso por Editorial Buena Semilla
Impreso en Colombia — Printed in Colombia
Marzo, 2017

Dirección editorial: María del Mar Ravassa
Diseño de la colección: María Osorio y Fernando Duque
Edición: María Paz Amaya
Dirección de arte: Mónica Bothe

CC 26012024
ISBN 958-04-8598-4
SBN 978-958-04-8598-8

Para el Gran Craig

Me llamo el Gran Fercho. Soy detective y trabajo por mi cuenta.

Les voy a contar acerca de mi último caso: Acababa de desayunar panqueques, jugo, panqueques, leche y panqueques.

Me encantan los panqueques.
En ese momento alguien me llamó.
Tenía la esperanza de que me
necesitaran para ir en busca de diamantes,
perlas o un millón de dólares.
Era Ana, quien vive cerca de mi casa.

Yo sabía que a Ana no se le habían podido perder ni diamantes, ni perlas, ni un millón de dólares.

—Perdí un dibujo —dijo ella—. ¿Me ayudas a buscarlo?

—Claro —le respondí—. He encontrado
pantuflas, gallinas, globos y libros perdidos.
Incluso un pescadito de colores. Ahora yo,
el Gran Fercho, encontraré tu dibujo.

—¡Qué bien! ¿Cuándo vienes?

—Estaré allí en cinco minutos. Quédate donde estás y no toques nada. ¡No te muevas!

—Me está picando un pie —dijo Ana.

—Ráscatelo —le respondí.

Me puse mi vestido de detective, tomé mi libreta y mi lápiz, y le dejé una nota a mi mamá. Siempre le dejo una nota a mi mamá cuando salgo a resolver un caso.

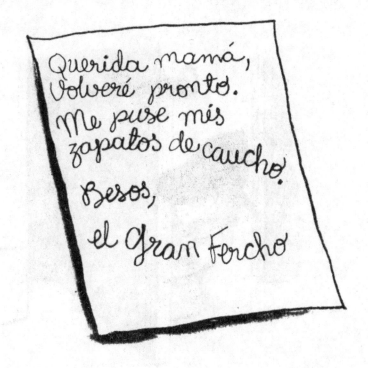

Fui a casa de Ana. Ella tiene el pelo y los ojos cafés, y sonríe mucho. Si estuviera interesado en alguna niña, lo estaría en Ana.

Ella estaba desayunando panqueques.

—Me gustan los panqueques —le dije.
Era un buen desayuno.
—Háblame acerca de tu dibujo.

—Hice un dibujo de mi perro Colmillo. Lo dejé sobre mi escritorio para que se
secara y cuando regresé, ya no estaba allí.
Todo esto sucedió ayer.

—Has debido llamarme ayer cuando las huellas estaban todavía frescas. Ahora, ¿dónde podrá estar el dibujo? —le pregunté.

—No lo sé. Por eso te llamé. ¿Estás seguro de que eres detective?

—Por supuesto que estoy seguro. Encontraré el dibujo de tu perro —le dije—. ¿Sabes si esta casa tiene pasadizos o puertas secretas?

—No, no tiene —dijo Ana.

—Este caso va a ser muy sencillo.

—Tengo una puerta que chirrea —dijo Ana.

—Mándala a arreglar —le dije—. Ahora, muéstrame tu cuarto.

Entonces fuimos a su cuarto. Era un
cuarto grande, con paredes amarillas, una
cama amarilla, un asiento amarillo y un

escritorio amarillo. Yo, el Gran Fercho,
estoy convencido de una cosa: a Ana le
encanta el amarillo.

Busqué por todas partes. Miré dentro, debajo y sobre el escritorio. Ni rastro del dibujo.

Miré dentro, debajo y sobre la cama.
La cama era muy cómoda.
Miré dentro del cubo de la basura y allí encontré el dibujo de un perro.

—¿Es éste? —le pregunté.

—No —dijo Ana—. El dibujo de Colmillo es amarillo.

—He debido suponerlo.

Dime ¿quién ha visto tu dibujo? —le pregunté.

—Mi amiga Rosa y mi hermano Pablo.
También Colmillo, pero él no cuenta
porque es perro.

—Todo y todos cuentan. Yo, el Gran Fercho, digo que todo cuenta. Háblame acerca de Colmillo. ¿Es un perro grande?

—Muy grande —dijo Ana.

—¿Muerde a la gente?

—No. ¿Para qué preguntas todo eso?

Ana me condujo al jardín. Colmillo estaba allí.

Era en verdad un perro muy grande, y tenía dientes igualmente grandes.

Me los mostró y luego yo le mostré los míos. Me olfateó y luego yo lo olfateé.

Nos hicimos amigos. Miré a Colmillo correr; también lo miré comer y esconder un hueso.

—Mmmm —le dije a Ana—. Mira la forma como Colmillo esconde ese hueso. Lo esconde muy bien. De igual forma

podría esconder otras cosas, como, por
ejemplo, un dibujo.

—¿Para qué haría eso? preguntó Ana.

—Es posible que no le haya gustado. De pronto no era un buen dibujo.

—Nunca pensé en eso —dijo Ana.

—Yo, el Gran Fercho, pienso en todo. Cuéntame, ¿Colmillo sale del jardín de vez en cuando?

—Solamente atado a una correa —dijo Ana.

—Muy bien. En ese caso la única parte donde pudo haber escondido el dibujo es en el jardín.

Ana y yo cavamos durante dos horas y encontramos piedras, lombrices, huesos y hormigas. No encontramos ningún dibujo. Finalmente me puse de pie. Yo, el Gran Fercho, tenía algo que decir:

—Tengo hambre.

—¿Quieres panqueques? —me preguntó Ana.

Pude darme cuenta de que Ana era una chica muy inteligente.

No me gusta comer mientras trabajo, pero es importante reponer las energías.

Nos sentamos en la cocina y comimos panqueques fríos, que son tan sabrosos como los panqueques calientes.

—Ahora sigamos con nuestro caso —le dije—. Vamos a donde tu amiga Rosa.

Ana y yo nos fuimos a casa de Rosa.

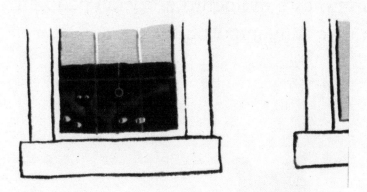

Rosa tiene cabello negro y ojos verdes.
Además, vive cubierta, de pelos de gato.
—Soy el Gran Fercho y soy detective
—dije.
—¿Detective? ¿Detective de verdad?
—preguntó Rosa.
—Tócame —le dije.

—Pruébame que eres detective.
Encuentra algo. Encuentra mi gato que
se me perdió.

—En este momento estoy ocupado en
un caso muy importante.

—Pues el caso de mi gato también es muy importante —dijo Rosa—. Se llama Super Brujo. Tengo cuatro gatos y todos se llaman Brujo.

Rosa me pareció una niña muy extraña.

—Mira, éstos son mis otros gatos: Brujo Grande, Brujo Pequeño y Brujo Mediano.

Todos los gatos eran negros con ojos verdes. Tenían uñas muy, pero muy largas. Entramos en la casa de Rosa y yo miré a mi alrededor. La casa estaba llena de

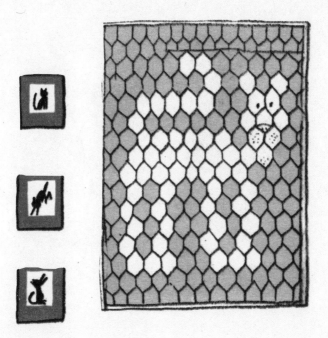

cuadros: dibujos de gatos parados, gatos sentados, gatos amarillos, gatos negros.

Nos sentamos y Brujo Pequeño saltó al regazo de Ana. Brujo Mediano saltó al regazo de Rosa y Brujo Grande saltó a mi regazo.

No me cayó bien Brujo Grande y yo tampoco le caí bien a él.

—Es hora de irnos —dije.

—Pero si acabamos de llegar —dijo
Ana. A ella le gustó mucho Brujo
Pequeño.

—Es hora de irnos —volví a decir.

Me puse de pie y le di un pisotón a algo
negro: era la cola de un gato.

—¡MIAU!

—¡Encontraste a Super Brujo! ¡Es cierto
que eres detective! —gritó Rosa.

—Por supuesto. Estaba
debajo de la silla, menos la cola.

Ana y yo nos fuimos. Fue difícil pues
hasta nosotros llegaba el aroma de los
panqueques.

—Rosa no tomó el dibujo de tu perro. Ella solamente está interesada en los gatos y en los panqueques. Dime, ¿dónde está tu hermano Pablo?

Conocí al hermano de Ana. Era pequeño y estaba totalmente cubierto de pintura roja.

—Yo, pintar. Yo pintar tú —dijo.

—Bueno. Nunca nadie me ha pintado.

Pablo tomó su pincel, que estaba untado de pintura, e inmediatamente quedé cubierto de pintura roja.

—¡Te pintó! ¡Te pintó! —dijo Ana riendo.

Yo, el Gran Fercho, no me reí. Estaba resolviendo un caso y tenía trabajo que hacer. Miré a mi alrededor.

Pablo había pintado un payaso, una
casa, un árbol y un monstruo con tres
cabezas.

También había pintado parte de la pared,
una pantufla y el pomo de la puerta.

—Pablo ha hecho un buen trabajo
—dije.

—Pero, ¿dónde está mi dibujo?
—preguntó Ana.

—Esa es una buena pregunta. Lo único que me hace falta es una buena respuesta.

¿Dónde estaba el dibujo? No lo había podido encontrar.

Colmillo no lo tenía. Rosa no lo tenía. Pablo no lo tenía. ¿O sí?

En ese mismo momento me di cuenta
de que había encontrado el dibujo, y
anuncié:

—Yo, el Gran Fercho, he encontrado tu
dibujo.

—¿De veras? ¿Dónde? —preguntó Ana.

—¡Mira! Pablo hizo un dibujo de un payaso, de una casa, de un árbol y de un monstruo con tres cabezas.

—¿Y eso qué? —preguntó Ana.

—Mira de nuevo. El dibujo del payaso
es rojo; el dibujo de la casa es rojo; el
dibujo del árbol es rojo, pero el dibujo del
monstruo es naranja.

—¿Y eso qué? —volvió a decir Ana—.
El naranja es un lindo color para un
monstruo.

—Sí, pero Pablo sólo pinta con rojo.
Todo lo que ha pintado, lo ha pintado de

rojo, excepto el monstruo. Yo, el Gran
Fercho, te diré por qué. Pablo pintó un
monstruo rojo sobre tu dibujo amarillo.
La pintura amarilla estaba todavía fres-
ca y por eso se mezcló con la pintura roja.
El amarillo y el rojo forman el naranja.
Ésa es la razón por la cual el monstruo es
naranja.

Ana abrió la boca y no dijo ni una sola
palabra. Luego cerró la boca.

—¿Ves? —le dije—. El monstruo tiene tres cabezas. Dos de ellas son las orejas de tu perro. La tercera es la cola.

En verdad, ha hecho un buen trabajo.
Ana estaba furiosa con su hermano. Yo
también estaba furioso. A mí nadie me
había pintado de rojo.

—El caso está resuelto. Debo irme.
¿Quedan panqueques? —pregunté.

Odio comer mientras trabajo, pero ya
había concluido ese caso.

Ana y yo nos sentamos en la cocina;
Pablo también.

—Haré un nuevo dibujo.

¿Vienes a verlo cuando esté listo? —dijo
Ana.

—Sólo si Pablo no lo ve primero —le
respondí.

Ana sonrió. Pablo sonrió.

Incluso se sonrieron el uno al otro. Yo
también sonreí.

A mí, el Gran Fercho, me encantan los
finales felices. Ya era hora de irme. Me
despedí de Ana, de Pablo y de Colmillo.

Me fui caminando a casa y en ese momento empezó a llover. Me alegré de tener zapatos de caucho.